歌碑のある風景　第二集——もくじ

山原健二郎「南の熱き炎」の歌碑

西森政夫

南の熱き炎にくらぶれば赤き絨氈色褪せて見ゆ

山原健二郎

日本共産党の衆議院議員を十期三十年務めた山原健二郎さんが、よく演説の時に使うのがこの歌でした。

「日本は、かつて凄まじい戦争をやった国です。戦争から帰る途中で広島を見たら焼け野が原。日本軍は、よその国へ攻めて行って二千万人を殺した。大変な大罪を犯した。街は焼かれ、食べるものもない、たいへんな戦争の苦しみをみんな味わったのです。二度とこの道を歩ませてはならんという気持ちで私は日本共産党に入るわけです。一九六九年十二月、衆議院選挙で当選し初登院は翌年一月でした。国会へ出てみますと、この間までA級戦犯として巣鴨刑務所へ入っていた岸信介が総理大臣になっている。賀屋興宣などのA級戦犯が復帰して、日本の国会を、私の目の前を堂々と歩き回っている姿を見まして、この国はまだ、ほんとうの夜の明けた国になっていないということを痛感しました。高知の県民が熱い気持ちで私を国会へ送りだしてくれましたが、それを考えると、この国会には赤い絨毯はしいてあるが、赤く見えない。本当に薄汚れた国会だなあと感じてこの歌ができたのです。この気持ちを私は、今も忘れることはできません。」（山原健二郎著『汝が紅は　沖縄のもの――私の短歌生活』より）

没後十年の二〇一四年の命日（三月八日）に、この〝南の熱き炎〟の歌碑が山原家の墓地に建立され、除幕式が行われました。

新緑の眩しい季節、あらためて歌碑を訪れました。筆山という山の中腹にあり、高知市が一望できます。安倍政権の大暴走を、山原さんだったら、烈火のごとく怒り、県民、国民を鼓舞することでしょう。

王禅寺の白秋歌碑

岡島幸恵

柿生

柿生ふる柿生の里、
冬のみかは禅寺丸柿、
山柿の赤きを見れば、
まつぶさに秋か闌(た)けたる、
柿もみぢ散り交ふ見れば、

いちはやし霜か冴えたる。

北原白秋の歌集『橡（つるばみ）』の「柿生」にある長歌の一部である。

この地を愛した北原白秋は、昭和十年十月、妻菊子を伴い来訪し、「柿生」十九首、「王禅寺秋色」十首を、その後、昭和十五年三月に再度、吟行を行い、「またその後にたづねて」六首を作歌している。

当時、すでに日本は日中戦争に突入しており、白秋自身も糖尿病などを病み視力が衰えていたが、作歌活動を旺盛に続けていた。

ちなみに、日本共産党の参議院議員を五期勤めた岩間正男は、白秋に師事し、雑誌『多磨』の編集・選者もした。

この歌碑は、昭和四十二（一九六七）年に二十五回忌を記念して、王禅寺本堂の前庭に建立された。この歌碑と並び、樹齢四百五十年と伝えられる国指定の天然記念物「禅師丸柿の原木」が植えられている。

柿生ふる柿生
の里名のみかは
禅寺丸柿
山柿の赤きを
見れは
まつふさに
秋は闌けたり

なお、歌碑の建つ王禅寺は、「星宿山王禅寺」と称し、真言宗豊山派にして、延喜二十一（九二一）年に、高野山三世無空上人が開山。聖観音を祀り、関東の高野山と呼ばれていた。

私鉄の小田急線に乗って新宿から新百合ケ丘または柿生駅下車で行くことができる。

松山の与謝野晶子歌碑

入江春行

これは、愛媛県松山市末広町（ＪＲ松山駅経由松山市駅下車）にある正宗寺境内に移築された「子規堂」の横にある与謝野晶子の歌碑で、歌は、

子規居士と鳴雪翁の居たまへる伊予の御寺の秋の夕暮

である。

晶子は一九三一（昭和六）年十一月、夫寛とともに四国を講演旅行した途次にこの寺に立ち寄り、この地出身の正岡子規と俳人・内藤鳴雪とを偲んでこの歌を詠んだ。

この歌碑は一九九一年に建てられたもので、この寺の墓地の入口にある「子規髪塔」と「鳴雪髭塔」の前にある。晶子の筆跡ではないが、楷書なので読み易い。

晶子夫妻はこの時、道後温泉に泊まり、石手寺（松山市石手・ＪＲ松山駅前から奥道後温泉行きバス、石手寺下車）にも参拝した。晶子がそこで読んだ、

伊予の秋石手の寺の香盤に海のいろして立つ煙かな

の歌碑がこの寺の境内にある。

近くに「正岡子規記念館」がある。

居士と
の
居たまへる
の
の
秋の夕

日本最南端の啄木歌碑

沖縄啄木同好会　真栄里泰山

新しき明日の来るを信ずといふ
自分の言葉に嘘はなけれど――

沖縄那覇市の真教寺にある啄木歌碑に刻されているのがこの歌。

歌碑の裏には「一九七七年　山城正忠・沖縄啄木同好会」とあるが、実際に建立したのは、歌人の国吉真哲（号は灰雨。一九〇〇～一九九六）。

山城正忠（一八八四～一九四九）は、沖縄の近代歌壇の重鎮。医学生のころ、新詩

社の与謝野鉄幹・晶子に師事し、その時啄木と出会い、交流した。『啄木日記』にはその記録がある。帰郷して歯科医のかたわら、沖縄の文芸活動をリードし、一九三五年には、与謝野晶子選による歌集『紙銭を焼く』を出版した。

その正忠と交流していたのが、新聞記者で社会運動にも関わった真哲。琉球処分以来、偏見と差別に煩悶する沖縄の多くの青年たちは、社会主義、労働運動など新しい時代思想の実現に参加していったが、正忠と真哲もそのなかにあった。

書道家としても名高い正忠は、一九二八年の第一回普選では、労農党の候補者支援のため、啄木の短歌をはじめ「失ふものは鉄鎖のみ」などを色紙にして販売。相次ぐ弾圧に抗して、党再建をめざして創刊した沖縄初の無産運動の機関紙『沖縄労農タイムス』の題字も揮毫した。

最初の啄木歌碑が渋民に建立された時、二人は沖縄でもと話し合ったが、実現できなかった。その時に「新しき明日」の歌を選んだのは正忠であったと真哲は語っていたが、「韓国併合」「大逆事件」に遭遇して「時代閉塞の現状」を書いた啄木の心意気に、沖縄の魂は最も激しく共振していたのだろう。

那須烏山愛宕山　江口渙の歌碑

岩崎忠夫

吾子として水に遊びし那珂川の夏のひと日の忘られなくに

この歌碑は、栃木県那須郡烏山町（現那須烏山市）の中心地近くの愛宕山の上にあって、八溝山地の小高い山々と、足下には清流の那珂川に沿った烏山の街並みがのぞめる風光明媚な地に建てられている。

江口渙は、太平洋戦争末期、戦禍を避けて、父親襄の故郷である烏山町へ、家族と共に移住し、生涯定住するのであるが、ひと粒種の娘をはしかのため亡くすことにな

吾子として
水に遊びし
那珂川の
夏のひと日の
忘られなくに

った。
敗戦一ヵ月前の七月十一日のことであり、医療も薬も満足でない時期、できる限りの手をつくしたが助からなかったのである。
この歌は、歌集『わけしいのちの歌』の一首で、その歌集の「あとがき」で書いている。

「朝江を亡くした悲嘆があとからあとからと、渦になって湧き上がってくる。昼でも夜でも、夜中でも、その悲しみが切ないほどのはげしさで溢れ出る。そのたびにそれがおのずからして歌になった。わたしは狂気のようになって歌を作った。」

この歌集は、一九七〇年度の多喜二・百合子賞を受賞したのである。

市川市の亀井院北原白秋歌碑

嘉部明子

蛍飛ぶ真間の小川の夕闇に
蝦すくふ子か水音立つるは

北原白秋が千葉県市川市真間の弘法寺の一院である亀井院に身を寄せたのは、大正五（一九一六）年五月から七月までの一ヵ月半の間である。その後、江戸川を挟んだ対岸の江戸川区小岩に移り、「紫烟草舍」を興す。白秋三十一歳のときである。

亀井院には手児奈が水を汲んだというわれのある井戸があり、手児奈に会うために何人もの男が通ったという真間の継橋も近くにある。万葉の時代から人々が住み、大正時代には東京郊外の農村だった。梨の栽培も盛んで、水原秋桜子の「梨咲くや葛飾の野はとのぐもり」の句碑も弘法寺にある。

真間川は江戸川の支流であり、東京湾に流れていく市川市の川であるが、真間付近では真間川、私が住んでいた八幡周辺では境川と呼ばれている。白秋が住んだ頃は清流であり、蛍も飛び交っていたが、戦後の開発で水が汚れてきた。付近の住民たちが真間川をきれいにする運動を進め、川岸の桜の植樹などにより、清流が復活した。その記念として、この碑が建てられたという。

北原白秋は人妻との恋愛事件により結婚した相手に去られた後、この亀井院や紫烟草舎に江口章子と住んだ。生活にも窮していたが、このころの作品は「雀の卵」や「葛飾小品」にまとめられている。

米櫃に米のかすかに音するは白玉のごとはかなかりけり

紫烟草舎は江戸川の改修工事により壊されたが、市川市の住民湯浅氏が所有者だったため、市川市に寄贈され、江戸川べりの里見公園に移築されている。

別所温泉の斉藤房雄歌碑

久保田武嗣

新しく元にもどるのめでたさよ心静かによみ路たどらん
房雄

別所温泉（長野県上田市）国宝三重の塔のある安楽寺境内の「山本宣治記念碑」の脇に、この歌碑は建っています。

一九二九年三月五日、「山宣倒る」の報は、上小地方（上田・小県）の農民を激しく打ちのめしました。その四日前、山宣は、上小農民組合の大会に招かれ講演をしたばかりでした。

「治安維持法改悪」にただ一人反対を貫いて、闘っていた山宣の演説は、人々を励まし、心から感動させていたのです。

農民だけでなく、多くの人々が山宣の死を悼み、直ちに抗議に立ち上がります。山宣の座右の銘「命は短し　科学は長し」を刻んだ記念碑を、権力の妨害に抗して、建設したのです。

しかし、ファシズムの嵐は容赦なく、直後の一九三三年、警察は、長野県下で逮捕者七百余人という「二・四弾圧事件」に乗じ、山宣碑の破壊を命じてきました。

老舗旅館の当主・斉藤房雄は、当時、村会議員でした。権力は山宣碑の土地の所有者であった房雄に、「碑を壊し始末書を出せ」と命じます。夜陰に紛れて自宅の庭に碑を隠した房雄は、「粉々に砕いた」と始末書を書き、決死の覚悟で碑を守ったのでした。

その後、日本は、侵略戦争による二千万余人の犠牲と、地獄の苦しみの中でのたう

VITA BREVIS SCIENTIA LONGA
山本宣治記念碑
上小農民組合聯合會建設

ち、敗戦を迎えたのでした。

戦後、山宣碑は不死鳥のようによみがえります。「元にもどるのめでたさ」は、そのことを成し遂げた房雄の率直な喜びだったのでしょう。

激動の時代に、命をかけて碑を守った房雄の勇気を顕彰すべく、二〇〇六年、地元の有志によってこの歌碑が建設されたのでした。

浅虫に建つ松岡辰雄の歌碑

小野俊子

餓(う)うるともこの信念にそむかざれ今あかあかと燃ゆる夕空

松岡辰雄

青森市浅虫・旧水族館に入る海沿いの道の右側、フィールドアスレチック内に、この歌碑は建っている（枝を切り、草を刈って写真を撮影した）。

盟友大沢久明の揮毫によるもので、川崎むつを氏が次のように碑文を記している。

「松岡辰雄は、明治三十七年青森市に生まれ、昭和三十年（51歳）青森市で亡くなったすぐれた歌人であり、すぐれた革命家であった。大正十三年鉄道労働者の待遇改善のため、従業員組合をつくり以後、労農運動に献身した。昭和四年四・一六の大弾圧で下獄、病にたおれ、その後は階級闘争と闘病の生活をつづけた。そしてその間多くの血を吐くような歌を残した。ここに彼の歌一首を刻みその偉業を偲ぶものである。昭和四十六年八月二十三日建立」

松岡辰雄には、歌集『新生に題す』（昭和二十一年）、『松岡辰雄歌集』（昭和四十二年）、『炎立つ　冬陽よ』（三十年　発行人・谷村茂夫）がある。『炎立つ』では、谷村茂夫（本名・野村昭俊）氏が「あとがき」で「松岡は苦しい生活の暗がりの中で作歌し、闘病中……この歌集を売って支援したい」と書いており、ガリ版刷りで縦十六センチの薄いもので、五十首（二十五円）が収められている。

三内霊園にある松岡家の墓地には、

原生林をぬけ出て妻と朝明かき月沼のべに山毛欅の実を喰む

の墓碑が、娘田鶴子によって建立されている。

岩槻の浄国寺に建つ大西民子の歌碑

乾　千枝子

一本の木となりてあれ
　ゆさぶりて
過ぎにしものを
　風とよぶべく　民子

この歌碑は大きな森を背景にした浄国寺の境内に建ち、門を入ると左側に大きな石碑にこの歌が四行に白字で書かれている。碑文には、

会員百十二名の総意により
昭和六十三年五月八日建之
五月会

大西民子略歴・大正十三年五月八日盛岡市生、奈良女高師文科卒。前川佐美雄・木俣修に師事「形成」同人。歌集『まぼろしの椅子』『不文の掟』(日本歌人クラブ推薦歌集)『風水』(第十六回釈超空賞)等。

右記の歌は第七歌集『風水』所収。

民子の歌碑はもう一つ、さいたま市氷川神社の参道にある。

民子は、岩手県立釜石高等女学校の教師、作家志望の夫に従い埼玉県大宮市に居を定めるが、夫との別居が続く。次の歌は当時の女性の心をつかんだ。

一本の木となりてあれ
ゆさぶりて
過ぎにしものを
風と呼ぶべく
民子

かたはらに置くまぼろしの椅子ひとつ
あくがれて待つ夜もなし今は

第一歌集『まぼろしの椅子』から。この歌集で木俣修は、身の不幸をさらけ出す人間くさい歌、女性の生き方や心の揺れ、幻想派といわれる民子の歌は、ひらめきと飛躍で多くの女性の心をつかんだとある。

抒情豊かな民子が今あれば、変わりゆく情勢の中でどう歌に切り込んでゆくか、森の中の民子の木をさがす私である。

大西民子の歌碑が身近にあることを知りつつ今回初めて面会（?）をした。

生駒山山頂の万葉歌碑

掘　正子

難波津を漕ぎ出て見れば神さぶる生駒高嶺に雲のたなびく

歌意は、難波津を漕ぎ出てみれば、神々しい生駒の高嶺に雲が棚引くことだなあ。さあ、頑張っていくぞ……というところでしょう。

作者は大田部光成。天平勝寶七歳二月十四日、つまり七五五年のいまなら三月の後半のことです。

同じ歌が暗峠に向かう奈良街道沿いの歌碑にもあり、生駒山をアピールしています。

また、この同じ日付けの防人のこんな歌も残っています。

ふたほがみ悪け人なりあたゆまい吾がする時に防人にさす

歌意は、意地が汚い悪い人だ、私が急病の時に防人に出すなんて――。

数年前、この歌碑を初めて見たとき、この歌に「神さぶる生駒高嶺―」とあり、調べてみると、筑紫の国へ防人として赴く人たちの歌が万葉集に何首か残されており、特に妻のこと、母のことを詠っています。

安保法制関連法が強行され、南スーダンに駆けつけ警護で行くことになるかもしれない自衛隊員のことと重なってきました。

生駒山の山頂には「生駒山上遊園地」があり、生駒山の尾根は、奈良県と大阪を分けているのですが、生駒山といえば、大阪府民に親しまれ、ハイキングに、また夏は納涼をするところでもあるのです。

戦犯として処刑された木村久夫の歌碑

西森政夫

音もなく我より去りしものなれど
書きて偲びぬ明日という字を

木村久夫

『きけ　わだつみのこえ』で有名な学徒兵木村久夫。最近この本に掲載された遺書のほかに、もう一通の遺書があることが明らかになった。私はその頃から木村久夫に関心を持ち始めた。

木村久夫は、大阪出身で旧制高知高校（現高知大学）に入学してから社会科学に出会い、英語を得意としていた。時代の波の中、南方の戦地に派遣され、生きのびたにもかかわらず、Ｂ級戦犯として一九四六年五月二十三日、二十八歳でシンガポールで絞首刑にされた。

死刑執行を目前にした一九四六年四月、田辺元の『哲学通論』を手にした木村は、その本の余白に最後の思いを書き連ねた。

日本は負けたのである。全世界の憤怒と非難との真只中に負けたのである。

母よ嘆く勿れ、私も泣かぬ。

日本の将来を案じ、家族に思いを寄せた言葉の数々は、戦後生まれの私に、木村久夫に生きて新生日本のために頑張ってほしかったと思わせた。

私は、歌人吉井勇に傾倒していた木村が、学生当時よく滞在した、高知県香美市にある猪野沢温泉跡を訪ね、木村久夫の歌碑が建立されていることを知った。

木村久夫に遊んでもらった猪野沢温泉の、当時小学生だった今戸顕さん（故人）とその妻となった道子さんが、木村の死を悼み、「せめて歌碑でも建ててあげて無念の気持ち、戦争の悲惨さを後世に語りついでゆきたい」と、その温泉の横に一九九六年四月に建立した。今も道子さんは、この碑を毎日ながめながら近くで見守り、平和への語り部を続けている。

没後七十年の二〇一七年、歌碑のある猪野々で偲ぶ会を行い、高知市で『真実の「わだつみ」』の著者で東京新聞文化部長の加古陽治さんを招き、「木村久夫の青春と時代―未来への伝言」と題した講演会を開催した。

歌碑は、高知駅から車で約一時間。

啄木・一禎の歌碑

梶田順子

よく怒る人にてありしわが父の日ごろ怒らず怒れと思ふ　啄木
寒けれと衣かるへき方もなしかゝり小舟に旅ねせし夜は　一禎

ＪＲ高知駅前の南広場に啄木父子の歌を刻んだ歌碑が建っている。啄木の父石川一禎が高知駅所長官舎で、一九二七年二月二十日に七十六歳の生涯を閉じたことを記念し、碑には「啄木の父石川一禎終焉の地」と表示されている。

啄木の姉トラの夫の山本千三郎が鉄道官吏であり、その転勤で一九二五年に高知出

啄木の父 石川一禎終焉の

張所長として赴任、一禎はここに身を寄せ、穏やかな晩年を過ごしたのである。

　この歌碑は、二〇〇九年四月に、県内の歌人ら百六名が高知市に土地提供を陳情し、県内外から九百二十八名の募金が寄せられて建立され、同年九月に除幕された。啄木の直筆からの集字と一禎の直筆の字が刻まれている。

　ちなみに一九九二年十二月、高知県歌人協会が「啄木の父石川一禎終焉の地」の木製標柱と、官舎後ろにプレートを設置してあったが、高知駅前再開発で、これらが撤去されていたことを残念に思う人びとの協力で文学歌碑の建立となった。

常陸光明寺の長塚節の歌碑

奈良達雄

「常陸国下妻に古刹あり光明寺といふ、門外一株の菩提樹あり、伝へいふ宗祖親鸞の手植せし所と、蓋し稀に見る所の老木なり、院主余に徴するに菩提樹の歌を以てす、乃ち作れる歌」という長い詞書をつけ、長塚節は七首を詠んでいる。その冒頭の一首、

うつそみの人のためにと菩提樹をここに植ゑけむ人のたふとき

の歌が、寺の門前に碑となっている。

院主とは住職・三浦空成のこと、子息の義晃と節が同級生だったので、節はよく寺

に泊り込んでいた。わたしは何度も文学散歩の案内で光明寺を訪れ、義晃の子息・吾朗氏から話を聴いてきた。「親父の話では、節も一晩中苦吟したそうです」とのことだった。

光明寺は、一九五九年の教育課程改悪反対の闘争本部になった所、講習会に動員された教師たちとどう反論するか、本堂で協議したものである。節研究家で後に千代川村長になった永瀬純一氏、当時県高教組書記長で後に党県議になった高橋清氏らとの思い出がある。

常総線「下妻駅」下車　徒歩五分。

生家近くの長塚節歌碑

奈良達雄

節の生家に近い常総市杉山に、堂々とした大きな歌碑が建っている。「鬼怒川越夜不計天和當数水棹能遠久幾己衣亭秋堂介耳気利」と故意に万葉仮名にしているが、「鬼怒川を夜ふけてわたす水棹の遠くきこえて秋たけにけり」の歌で、節二十九歳の作。同じ正岡子規門下で書家としても名のある岡麓の筆に依る。「秋雑詠」と題された群作の一首。澄んだ響きの「カ行」の音が散りばめられ、「秋の歌人」と称された彼にふさわしい調べをつくっている。

この歌碑が建てられたのは一九四三年、太平洋戦争の真っ只中、「こんな非常時に

戦意高揚に役立たぬ歌碑の建立などとは何事か」というのが当局の思いだったのだろう。地元酒寄村（現・桜川市）出身のロシア文学者・中山省三郎らの募金活動には絶えず特高が付きまとったという。先人たちの苦労が偲ばれる歌碑である。

常総線「石下駅」下車　タクシー。

下作歌人　小幡重雄の歌碑

武田文治

千葉市の東方に位置する東金市、その市の西方の雄蛇ヶ池湖畔に、下作歌人・小幡重雄（一九〇三～一九七二）の歌碑がある。雄蛇ヶ池は旱魃（かんばつ）と洪水を一気に解決するために、一六一四年に完成した周囲四・五キロの人造湖である。道順は東金駅からバスに乗り、雄蛇ヶ湖入口下車、徒歩十五分。

十五時間田打ちを励み帰る娘の笠をはづして肩のやさしさ
小幡重雄作　章一郎書

この歌碑は、一九六七年、地元の有志の支援によって雄蛇ヶ池湖畔に建てられた。揮毫は窪田章一郎で、小幡重雄はその時、肝臓を患っていたが、除幕式には、窪田章一郎らとともに参加した。

小幡重雄は十六歳ごろから短歌を詠み、吉植庄亮の「橄欖（かんらん）」に参加、直接の指導も受けて力をつけた。一九四六年、ガリ版歌集『下作無常』を出版し、『人民短歌』にも投稿していた。一九五六年に発行された渡辺順三の『民衆秀歌』には、次の三首が選ばれている。

金故に取られし畑の桑の芽の伸びる元気に憎悪のわくも（『橄欖』一九三四年）
骨折を過さぬ今日は飯は飯茶は茶の味す口に熱なく（『橄欖』一九三六年）
短かゝる喜びながら喜びて今日限りの田を作るなり（『橄欖』一九三七年）

小幡重雄は、一九〇三年、東金市山口一〇三一番地に生まれた。そこに育ち、そこで農業を営んだ。水田一町五反はすべて地主から借りていた。その歌風は、地主に対する感情や農作業の厳しさもリアルに歌にしていることだった。

雨の日は田打ち拙し足首に血を吸ひくれし蛭乗りやまず
炎天に働く肩の大骨の火照りはさめず翌朝までも

一九二八年、二十四歳で結婚したが、その様子を細やかに表現した歌もある。

わが妻と思ひながらも和肩(にぎ)にわが手をただち触れかねており

「城ヶ島の雨」白秋碑

嘉部明子

歌碑ではないが、北原白秋の有名な詩、「城ヶ島の雨」の碑は城ヶ島大橋の下の浜辺に建っている。

雨はふるふる城ヶ島の磯に
利休鼠の雨が降る

前年に、いわゆるスキャンダル事件に巻き込まれ、二週間市谷監獄に収監されるという経験をした二十九歳の白秋が、大正二年一月二日に三崎を訪ねた時は、死を覚悟のうえだったという。いったん東京に戻り、処女歌集『桐の花』を出版。日本の短歌に新しい生命を吹き込むものと称賛され、汚名を拭い去る。

四月に結婚し、五月に一家で三崎に転居、父母弟妹妻の大家族であった。一家の生活は『朱欒』編集者としての白秋の収入に頼っていたが、彼はすぐに編集仲間とうまくいかずに辞めてしまい、父が慣れない魚の仲買の仕事で一家を養ったが、まもなくこの事業は失敗してしまい、一家の生活は困窮を極めていたと思われる。この三崎での生活をもとに作られた歌集が『雲母集』（大正四年刊）である。三崎には、大正三年二月に妻の療養のため小笠原父島に渡るまで暮らした。

「城ヶ島の雨」は、島村抱月に大正二年十月三十日に開催される芸術座の音楽会のために作詞を依頼されて作ったもの。作詞が完成したのが、十月二十六日。その後すぐに船で東京に運び、梁田貞が作曲し、梁田貞自身が音楽会で歌って評判になった。このことで、城ヶ島も全国に有名になる。

歌碑は、昭和二十四年に建立され、除幕式には宮柊二が参加した。その後、城ヶ島大橋が開設され、大橋の下に移設された。白秋記念館がすぐそばにある。

（京浜急行久里浜線三崎口駅から城ヶ島行きのバスで白秋碑前で下車、徒歩五分）

伊藤左千夫の歌碑

長田裕子

九十九里の波の遠鳴り日の光青葉の村に一人来にけり

伊藤左千夫

左千夫の歌の中で、私の最も好きなこの一首が、私の初任校でもある富里中学校の校庭に建立されていることを知って、とても感動し、誇らしく思った。

この碑は、「左千夫の歌碑・文学碑」(成東町、現山武市教育委員会・伊藤左千夫文学記念館)によると、「昭和三十六年十二月建立」とあり、千葉県下に十六基ある左千夫の歌碑の中では一番古いことがわかった。

一昨年の若葉の頃、当時の教え子十名余と久しぶりに富里中学校を訪れて、待望の歌碑と対面した。

苔や汚れをふき取ると、すばらしい文字でこの一首が刻まれていた。

「原天外書」（原・公氏）とあり、郷土の書家で、教育界にも多くつくされた方の書である。

歌碑の建立は、短歌にも造詣の深い先生方もおり、また当時、千葉県の歌人である松本千代二氏と親交があったとのことで、その方々の発案で建ったのだろうとのことであった。

歌碑の一首は、大正二年、左千夫が故郷に帰った時の歌であり、「椎の若葉」五首の中の一首である。


九十九里の波の遠鳴り（とほなり）日の光（ひかり）青葉（あおば）の村に一人（ひとり）来にけり

千葉県富里市富里中学校

椎森（しひもり）の若葉円（まど）かに日に匂（にお）ひ往来（ゆきき）の人等（ひとら）みな楽（たの）しかり

桑畑（くははた）の若葉そよめく朗（ほが）らかや白手拭（しろてぬぐい）のをんないくたり

稍遠（ややとお）く椎の若葉の森見れば幸運（さち）とこしへにそこにあるらし

桑子（くわこ）まだ二眠（にみん）を過ぎず村々の若葉（わかば）青葉（あおば）や人しづかなり

上野駅内の啄木歌碑

碓田のぼる

ふるさとの　訛なつかし
停車場の　人ごみの中に
そを　聴きにゆく

石川啄木の『一握の砂』の「煙」の章のその（二）の最初の歌である。明治四十三年（一九一〇）、「大逆事件」のおこる二ヵ月ほど前の作歌である。上野駅の中央改札を入った、少し奥まったところにある。

何の変哲もない、直径一二〇㌢のほどの鋳鉄製の歌碑である。周囲には駅舎を支える丸柱があるだけ。風景といえるものはない。二階ホームから一階におり、年輩の駅係員に場所を聞く。その人は、すぐ啄木の歌を諳(そら)んじてみせた。「——ですね」「そうです」と言いながら、少し離れた歌碑の前まで、わざわざ案内してくれた。そしてもう一度、「ふるさとの」の歌を声高く読んでくれた。

「そをってわかりますか?」「はい、それを、ということですね」と、よどみなく答えると、その人は黙ったまま、私から離れていった。私は「しまった」と思った。彼は「そを」について解説したかったのだ。その時、東北から帰ってきた列車が、前照燈をつけながら啄木歌碑のうしろの方の線路に入ってきた。その時、私は、これが風景なのだと知った。

無機質のような殺風景の駅舎の中で、啄木歌碑と東北がえりの列車が、そこだけ遠い明治の匂いがした。

ふるさとの　訛なつかし
停車場の　人ごみの中に
そを　聴きにゆく
啄木

浅草寺の「はとぽっぽ」の歌碑

碓田のぼる

はとぽっぽ　はとぽっと
ポッポ〱ととんでこい
お寺のやねから下りてこい
豆をやるから皆たべよ
たべてもすぐにかえらずに
ポッポ〱と鳴いて遊べ

鳩ポッポの歌碑
作曲 滝廉太郎　作詞 東くめ

これは歌碑でも唱歌の歌碑である。浅草寺本堂の真横にある。文部省唱歌ではない。作詞は若き女教師東くめ。作曲は東京音楽学校を同じくした「荒城の月」の滝廉太郎。歌碑は右側に詞、左に楽譜。碑に飛ぶ鳩は、彫刻家で、滝廉太郎と同郷（大分）の朝倉文夫。写真で見ると、この鳩は生きている。三人三様の縁でつながったのである。

詞は、明治三十四年（一九〇一）の作。浅草寺の鳩と親しんだ東くめが描いた、鳩への人間愛に満ちた語りかけである。二十世紀の幕明けの明るさとやさしさがある。

文部省が小学校唱歌を制定したのは、東くめの「はとぽっぽ」から十年後の明治四十四年の五月。「日の丸」の次が「はとぽっぽ」。「豆はうまいか、／食べたなら、／一度にそろって／とんで行け。」これはなんと、管理主義的で、鳩を追い立てている。考えれば十年の間に、日露戦争があり、「大逆事件」が起こり、「韓国併合」が強行された。歴史に逆行する力は、さりげなく人間の情感にもしのび込む。歌とて、銃に狙われているのである。

錦糸町駅の伊藤左千夫歌碑

杉原日出子

よき日には
庭にゆさぶり
雨の日は
家をとよもして
児等が遊ぶも
　　左千夫

私の住まいはＪＲ総武線亀戸駅（江東区）と錦糸町駅（墨田区）の中間にあり、どちらの駅までも徒歩十分くらいです。そして住まいの近くに左千夫の眠る墓があり、歌碑は錦糸町にあります。

錦糸町駅は、明治二十七年に開設された区内最初の鉄道駅で、左千夫がこの地に牧舎を建てたのは、鉄道が開設される五年前のことでした。百二十四年後の錦糸町駅の現在は、一日の利用客が二十二万人、ダービービルや映画館のある東京の東の副都心で、大変賑わっています。

歌碑は、南口を出てすぐ前のバスターミナルの中に建っています。最初に訪れた時、歌碑の一首は、牛飼の歌だと思っていましたが、意外にも家で遊ぶ子どもたちの様子を詠んだ歌（明治四十一年作歌）で、歌碑にこの歌を選んだのは土屋文明でした。

歌碑の説明によると、「左千夫は二十五歳の時この地に牧舎と乳牛三頭を購入し乳牛改良社を開業した」とあり、毎日十八時間も働いたこと、同業者の中で第一の勤勉家という評を得たと書かれています。

よき日には
庭にゆさぶり
雨の日は
家とよもして
児等が遊ぶも
左千夫
Non-Step Bus

この地から東南約二・五キロの、現在の江東区大島六丁目団地に牧舎を移し、家族とともに転居したのは、亡くなるわずか一年前のことでした。

二千八百世帯が住むこの団地の中央、時計台が歌碑になっていて、次の歌が刻まれています。

朝起きてまだ飯前のしばらくは小庭にでて春の土踏む

訪ねた二月初旬、寒中とはいえ晴天で冬の陽がやさしく、歌碑の「春の土踏む」のように「春遠からじ」と感じました。

数日後、亀戸天神の裏手にある普門院の墓へ行きました。墓地には人一人なく、静寂に包まれ冬の日が射していました。

広島市立高女原爆慰霊碑

嘉部明子

広島市立高女は現在の舟入高等学校。一九四五年八月六日、動員されて建物疎開作業に従事していた一、二年の女子生徒と教師六百七十六名が、一瞬のうちに原爆の犠牲になった。一校での犠牲者数では最大の人数である。碑の後ろ側に記された生徒の名前の列を見たとき、それだけでも心が凍るような思いであった。

碑の前面のレリーフは、一九四八年、この碑を作った時、占領下であったので、原子爆弾という文字を入れることは許されず、E=MC²と、アインシュタインの原子エネルギーを示す数式で表した。その後、現在地の、平和大橋のたもと、平和大通りのむかい側に移された。

一九九五年、私は渡辺美代子さん〈一九三〇年生まれ、原爆投下時三年生〉から、被爆証言を聞いた。

「三年生以上は工場へ動員され、たまたまその日は電休日で家にいた」から助かった。生まれてからずっと戦争で、一九四五年八月二十日になっても日本は勝つと信じていた。戦後五十年近くたって、自分は間違った教育を受け、間違った体制の中で生きてきたことに気づいた、などと話してくれた。

「現在、広島の子どもも、広島を訪れる多くの人も、この平和公園の場所が、昔、多くの店や住宅のある、にぎやかな町であったことを知らない。広島の原爆は今ある核兵器の中でも一番小さいものなのに、こんなにも多くの人の心や体に傷をつけている。多数の犠牲者の上に、今の平和があることを子どもたちにぜひ知ってもらいたい。」

と言う。

$E=MC^2$

碑の裏に当時の学校長安川雅臣の、

友垣に
まもられながらやすらかに
ねむれみたまよ
このくさ山に

の歌が刻まれている。
なお、広島の原爆のために亡くなった生徒は、八千人を超える。

陸前高田市の啄木歌碑

青嶋智恵子

二〇一六年の夏、姉のお供で陸前高田市を訪ねました。姉の四十年来の親友が死去し、陸前高田市の菩提寺に眠り、新盆を迎えていたのです。姉の「墓参りをしたい」という強い思いを実現する旅でした。

石巻から気仙沼、一路バスに乗り陸前高田駅へ。高田高校の隣の菩提寺でお参りし、姉はようやく安堵の表情になりました。

翌朝、ホテルから見える海は、養殖筏が浮かぶ美しい静かな海。震災によって行方知れずの人たちの眠る海でした。

「慰霊碑と一本松を見ていってください」と案内された場所は、津波の到達点が残されたビルと、その前の慰霊塔。その横に高田松原から流失した「啄木の歌碑」に代わり、新しい碑がひっそりと設置されていました。

頬につたふ
なみだのごはず
一握の砂を示し丶人を忘れず

いのちなき砂のかなしさよ
さらさらと
握れば指のあひだより落つ

啄木の砂の歌は、物悲しいものと読んでいました。茫々と砂塵の舞う一本松の地点

に立つと、悲しみと憤り、抗えない自然の力と、復興に努力をしている人々の強さが交じり合い、私を圧倒しました。

啄木歌碑の隣りには「一本松」の歌を作った船村徹氏の大きな石碑が設置されているため、啄木は少し肩をすぼめているように感じました。思いもよらない出会いでした。

啄木が高田松原を散策したであろう頃を想像しました。流失した碑は、新しい碑設置カンパの訴えにのせてありました。

山上憶良の歌碑

木村久代

ひさかたの天路(あまじ)は遠し直々(なおなお)に家に帰りて業(なり)をしまさに

埼玉県川越市の氷川神社の境内に、山上憶良の歌碑が建っています。長歌・反歌ともに万葉仮名で書かれ、これは反歌の読み下し文です。『万葉集』巻五、八〇〇・八〇一番の歌で、長歌の部分で、親や妻子を捨てて顧みない不心得者を諭し、反歌の「天への道のりは遠いのだ。私のいう道理を認めて、すなおに家に帰って家業に励みなさい」と勧めています。

碑の歌は、憶良が越前国司をしていたころのものと言われています。

山上憶良は「子等を思ふ歌」や「貧窮問答歌」で有名な万葉歌人として広く知られていますが、一方では、有能な官僚でもありました。川越の人々が、この歌を選んで建碑したことについて、氷川神社社務所の小冊子には、次のように書かれています。

「この碑は個人や結社の顕彰的なあるいは記念碑的な歌碑とは趣を異にしている。川越とのつながりは全くない古人の歌を示し残すにたるものと認め、地元の有力商人たちがこぞって財を出し合って作り上げた健気な碑と評することができよう。明治の川越の文学愛好家が共感した歌と思想と教訓、川越の町に文学的な盛り上がりを呼び起こしたあかしとして見れば単なる万葉歌碑の一つとして看過できない碑である」（新日本歌人協会二〇一七年近県集会埼玉大会・「文学散歩資料」より）

山上憶良の歌碑

若山牧水生家横の牧水夫妻歌碑

黒木直行

若山牧水の歌碑は全国にある。その数は日本で一番多いという。牧水を生んだ宮崎県に最も多くあるのは、当然であろう。

二〇〇九年七月二十八日、珍しい歌碑の完成除幕式が行われた。場所は、宮崎県日向市東郷町坪谷の牧水生家の横である。なぜ珍しいかというと、牧水夫妻の歌碑だということと、歌人若山喜志子の県内初の歌碑だということ。

牧水没後八十周年、喜志子没後四十周年の記念事業として、夫妻歌碑建設が計画された。歌碑の建設費二百五十万円は、日向市民からの寄付で賄われた。

石碑に刻まれた歌を紹介する。

をとめ子のかなしき心持つ妻は四人子(よたりご)の母とおもふかなしさ　牧水

うてばひびくいのちのしらべしらべあひて世にありがたき二人なりしを　喜志子

信頼と尊敬の心で結ばれていた夫婦のおたがいを思いやる二首である。

除幕式に招かれ、牧水が愛した酒を歌碑にかけた牧水の孫、榎本篁子(むらこ)さん（当時六十九歳、神奈川県相模原市）は、約三十年間、祖母の喜志子と暮らしたという。

「祖母は医者の後継ぎだった牧水を故郷に帰せなかったことを負い目に感じていた。祖母も牧水のふるさとの皆さんに迎えられ、感無量だろうと思う。」

以前、福田鉄文さんが、日向市駅前広場にある牧水歌碑を『歌碑のある風景』第一集で紹介した。夫婦の歌碑のある坪谷は、日向市駅前から車で三十分のところにある。

坪野哲久・山田あきの歌碑

山本　司

蟹の肉せゝりくらえばあこがるゝ生まれし能登の冬潮の底　坪野哲久

きみと見るこの夜の秋の天の川いのちのたけをさらにふかめゆく　山田あき

高い志を持っていた哲久は、生前中に歌碑の建立の申し入れについて断っていたが、死後、哲久の郷里である能登の志賀町（旧・高浜町）に町立図書館が建設された折り、その開館にともなって、哲久の歌碑と略歴紹介の「石板」とが、一九九四年三月に、篤志家の寄贈により、敷地内の入り口の左脇に建立された。

その後、「生前苦楽を共にしてきた二人を思うと、哲久一人の歌碑のみというのが淋しく感じられ、……」と、匿名による寄付があって、一九九七年五月に哲久歌碑の右側に山田あきの歌碑と、依頼を受けて私（山本）が執筆した両歌人の「解説石板」と共に、図書館敷地入口に「坪野哲久・山田あき歌碑」石柱が建立された。

歌碑は、哲久・あきの直筆の色紙をもとに、黒御影石に大きく刻まれ、自然石にそれをはめこんだものとなっている。

全国に歌碑は多数あるが、夫妻の歌碑が一緒にあるのは珍しいものである。まして、両歌碑とも、篤志家の寄付によってなされ、小公園のように整地・植栽された町立の図書館の敷地内に建立されたのは、極めて珍しく、二人の文学的苦労と業績がなさしめたといえよう。

歌碑の哲久の作品は、歌集『北の人』に、あきの作品は歌集『紺』に収録されている。なお、「解説石板」の文章は、

哲久は無産者短歌運動の中で、家郷を捨てたあきと結婚した。貧病苦の中、二人は治安維持法等による検挙を受けたが、戦後も民主主義短歌運動に参加。哲久は真の前衛歌人として偉大な業績を印し、あきは他の女性歌人の追随を許さぬ地平を拓いた。両者は歴史と共に一層の輝きを増すものである。能登は哲久の心の原郷で、あきの第二の故郷となった。

平成九年五月建立

と記されている。

今日の時代状況にあって、両者の歌業から得るものは計り知れないといえよう。

『万葉集』「占肩之鹿見塚（うらかたのししみづか）」の歌碑

小山尚治

埼玉県川越市富士見町の静かな住宅街、家と接するように小高い塚があり、浅間山（せんげんやま）古墳（女塚）と呼ばれる。その塚の麓の木立に隠れるように「占肩之鹿見塚」と刻まれた石碑がある。万葉集・東歌の「武蔵野に占（うら）へ肩灼（かたやき）まさでにも告らぬ君が名うらに出（で）にけり」という一首の生誕地を記念した碑で、裏面に建立の由来と歌が刻まれている。

「武蔵野で占い師が鹿の肩の骨を焼き、まさしく人に告げてもいないあなたの名が占いに出てしまった」という、鹿の骨を使った占いに言寄せた恋の歌である。

川越は万葉の時代から武蔵国（むさしのくに）の中心地であり、市内には多くの古墳群があるが、この近辺は仙波古墳群と呼ばれ、愛宕山古墳（男塚）などがある。現在は、古墳群を貫いて国道が通り、間断無きトラックの轟音が女塚と男塚を引き裂いている。

浅間山古墳の周りは小公園になっており、春の日差しのもとに三、四人の少女が歓声をあげて走り回っていた。

川越市内には他に二基の万葉歌碑がある。

山上憶良の碑は「家族と家業を大切にしなさい」と詠んだ長文の万葉仮名が刻まれている。柿本人麻呂の碑は「名細（なぐわ）しき稲見（いなみ）の海のおき津浪千重（ちえ）にかくりぬ山跡（やまと）島根（しまね）は」とある。

これは元歌の「印南（いなみ）の海」を「稲見（いなみ）の海」と読みかえ、新村の名を「美しい稲の海の村＝名細（なぐわし）村」とした記念である。いずれも川越の先人の生活観と心意気と教養を今に伝える。

埼玉県指定史跡
萬葉遺蹟 占肩之鹿見塚
埼玉県知事大沢雄一書

「占肩之鹿見塚」の碑は、ＪＲ川越線・東武東上線の川越駅の南東、徒歩約十五分である。

三郷市の万葉歌碑

大津留公彦

鳰鳥(にほどり)の　葛飾早稲(かづしかわせ)を　饗(にへ)すとも　その愛(かな)しきを　外(と)に立てめやも

（『万葉集』巻十四・三三八六）

万葉集のこの歌が記された碑が我家の近くにある。我家の住所は、埼玉県三郷市早稲田である。この「早稲」はこの歌からきているという。

今は団地が建っているが、昔はいち面の田圃だったようだ。「におどり」は三郷市の鳥であり、地酒のブランド名でもある。

歌の解説――、「にほ鳥（鳰鳥）」は水鳥の「カイツブリ」の古名で、〝葛飾〟へのかかりことば。

「（葛飾でとれる）早稲米を神様に供えるおめでたい夜は身も心も清く保たなければならないのに、愛しいあの人が来たら、外に立たせておくことはできない、迎え入れてしまうでしょう」という一種の恋歌である。

たまたまこの歌の碑の近くに住んでいるので、この歌をきっかけに東歌に興味をもっていきたい。

所在地　〒三四一―〇〇一八　埼玉県三郷市早稲田八丁目一七番地八。

交通アクセス――マイスカイ交通　三郷駅北口～新三郷駅東口行き　丹後神社前下車。

万葉遺跡　葛飾早稲産地
昭和三十六年九月一日　埼玉県指定旧跡

温泉街の万葉歌碑

柳澤順子

群馬県の渋川駅から約一〇キロ、榛名山の東麓、標高七〇〇メートルの地に伊香保温泉街が広がる。

伊香保の温泉街が形成されたのは、戦国時代であるが、それ以前から伊香保は万葉集にも詠まれている。

長さ三〇〇メートルほどの石段を登ると、途中に金子兜太の句碑がある。三百六十五段を登りつめたところが、伊香保神社である。

境内の右側に本殿、左側に万葉歌碑が建つ。

伊香保ろの夜左可の井堤(いで)に立つ虹のあらはろまでもさ寝をさ寝てば（三四一四）

一九八二年に旧伊香保町が建立したもので、「伊香保」という語を含む東歌は九首あり、九首とも佐々木心華の揮毫である。

「伊香保ろ」は榛名山をさし、古代では今より広い範囲を含み、「八尺(やさか)の井堤」は、水澤の地に跡があるようで、水澤寺にも万葉仮名の歌碑が置かれている。

万葉集では、虹という言葉が出てくる歌はこの歌のみで、古代には虹は凶兆とされていたらしく、現代とは解釈が異なるようである。

伊香保神社の境内には、江戸時代の東海坊烏明(うめい)や芭蕉や鈴木真砂女の句碑が並んでいる。

温泉に入り、名物の温泉万頭を買い求め、他の万葉歌碑を捜し歩くのも楽しみである。

土屋文明の歌碑

山田富美子

青き上に榛名を永久の幻に出でて帰らぬ我のみにあらじ　文明

土屋文明は、自分の歌碑を建てることを嫌い、長女の草子（かや）さんに「あんなものは犬のしょんべんじょになるだけさ」と言ったというエピソードもあり、歌碑の風景を撮って紹介することが、文明の意に添わないようで、とまどいましたが、文明の生誕地、高崎市保渡田町の群馬県立土屋文明記念文学館の前庭（やくし公園）にある歌碑なら大丈夫と思いました。

この歌は、文明七十歳の歌で、『短歌』（昭和三十五年十月号）に発表。第九歌集『青南集』に収められています。

子どもの頃、故郷で見た青々とした桑畑や水田の上の榛名山が永遠の幻のように心にあり、故郷に帰らないのは私だけではないと歌っています。

私も高卒後、故郷を出てから今その年になりました。脳裏にある子どもの頃の田や川、山の風景を愛しく思う気持を解ってもらえる心地がします。

文明は、『万葉集』巻一の額田王の「熟田津に船乗りせむと月待てば潮もかなひぬ今は漕ぎいでな」の歌が、月を見る遊びで船に乗るのだと主張されたことを知り、新しい解釈にびっくり。確かめることはできないけれど、文明の主張のほうがあの時代にふさわしいのではと思いました。

私の住む渋川市にある文明の歌碑を紹介したかったのですが、文明に許可なく建設された経緯などあって、勇気が出ませんでした。

永久の灯に
出でて帰らぬ
我のみにあらじ
文明

防人として行く夫を送る歌碑

小林加津美

赤駒を山野(やまぬ)に放し捕(はが)りかにて多摩の横山徒歩(かし)ゆか遣(や)らむ　（『万葉集』巻二十・四四一七）

豊島郡の上丁(じょうちょう)　椋椅部荒虫(くらはしべのあらむし)が妻(め)の　宇遅部黒女(うぢべのくろめ)

——赤駒を山野に放牧していて捕まえられない。夫を多摩の横山を歩かせて任地に行かせることか。

防人の任期は三年。今生の別れになるかもしれない夫を、九州へ送り出す妻の歌で

ある。

東京都多摩市の南端に横たわる多摩丘陵の尾根一帯は、万葉集では「多摩の横山」と呼ばれている。当時、街道が集まる交通の要所で、防人として男たちが武蔵の国から太宰府へ行く時も、この道を通ったとある。その万葉の古道を整備し、現在は「よこやまの道」として、歴史と自然を楽しめる散策路になっている。京王線、若葉台駅から小田急線、唐木田駅まで約一〇キロの道で、この歌碑はちょうど中間地点の「一本杉公園」内に建っている。

三月下旬、若葉台駅から歌碑のある公園まで歩いた。スミレがあちこち、うす紫にかたまって咲いている。笹の葉がさやさやと風に揺れる音が聞こえる。満開の桜が大きく枝を広げている下を歩きながら、万葉人に思いを馳せるのも時にはいいものだ。途中の「防人　見返りの峠」は、見晴らしがよく秩父連山、丹沢山系が遠くに見える。ここで、防人たちは故郷の景色に別れを告げ、ひたすら歩いていったに違いない。

山の辺の万葉歌碑

宮森よし子

うま酒　三輪の山　あをによし　奈良の山の　山の際に　い隠るまで　道のくまい積るまでに　つばらにも　見つゝ行かむを　しばしばも　見さけむ山を　心なく　雲の　かくさふべしや

反歌

三輪山を　しかもかくすか　雲だにも　心あらなむ　かくさふべしや

車谷の集落を下り、巻向谷を渡ったところ、桜井市穴師にこの万葉歌碑があった。なんと大らかで愛らしい歌の交換ではないか！。

巻向の山辺響(とよ)みて行く水の水沫(みなわ)の如し世のひと吾は

仏教的無常観はまだ存在しなかったといわれる万葉歌に、無常の観念がすでに詠みこまれ、愛する人もわたしも儚い存在なのだと詠んでいる。

この歌碑は桜井市穴師にある。

ぬばたまの夜さり来れば巻向の川音高しもあらしかも疾(と)き

妻のもとに泊まって詠んだものか。闇夜を独り淋しく詠んだものか。深々とした闇の中で巻向川の瀬音が高くなってくるのを聞きながら、たぎり流れる渓流の音の世界から吹きすさぶ風の世界へ思いを移している。夜、テレビの音に、物音なべてが打ち消されてしまう現代を思えばかなしい。

三諸の　その山なみに　子らが手を　巻向山に　継のよろしも

三諸の山並に、巻向山はその連なり具合はほんとにいいなあ、と詠んだ。「子らが手を」は、「巻」にかかる枕詞で、愛する女の手を枕にすること。

広島平和公園の湯川秀樹の歌碑

横井妙子

二〇一七年の夏、新日本歌人協会「夏のセミナー」に参加し、初めてこの歌碑に出会った。広島の平和公園の中、平和大通りに面している平和の像「若葉」である。

まがつびよ　ふたたびここにくるなかれ　平和をいのる　人のみぞ　ここは

私は、「まがつび」とは原爆の火のことかと思ったが、禍津日神＝災厄の神のことと知った。

少女が五月の風に吹かれながら、小鹿を連れて歩いているこの像の台座には、湯川秀樹博士の短歌が彫られており、一九六六年に、広島南ロータリークラブ十周年記念として建立されたとある。

日本人初のノーベル物理学賞受賞の湯川博士は、一九五四年のアメリカの水爆実験に衝撃を受け、ラッセル・アインシュタイン宣言に、日本人でただ一人署名し、一九五七年の世界科学者会議（「バグウォッシュ」）には、呼びかけ人として参加し、核兵器と戦争の反対を訴え続けた。バグウォッシュ会議では、核抑止論の学者が増えるなか、湯川博士による広島の惨状の訴えに、参加した科学者全員が核兵器廃絶に署名したという。

二〇一七年の核兵器禁止条約に、唯一の被爆国である日本は反対したが、核兵器廃絶を強く訴えている湯川秀樹の歌碑は、核兵器廃絶の希望に見えた。

今こそ多くの人に知ってもらいたい歌碑である。

ふるさとの山河を愛した小山勝清

上田精一

小山勝清（一八九六〜一九六五）は、医家の三男として熊本県球磨郡四浦村字晴山（現・相良村四浦）に生まれた。四浦尋常小学校、人吉高等小学校を経て、一九〇九年、済々黌中学（現・済々黌高等学校）に入学。入学の翌年に起きた「大逆事件」による幸徳秋水らの死刑に衝撃を受ける。

済々黌中退、転校した鹿本中学では、街中を赤旗がわりに赤べこを振り回して、「無政府主義万歳」と叫び回る騒動を起こした。鹿本中学を放校となった勝清は、晴

山に帰った。

勝清は、禁制の無政府主義、マルクス主義の本を買い求め、押し入れに隠れて貪り読んだ。小説や詩歌も作りはじめた。

父親の急逝を機に、父親の反対で果たせなかった上京を決行。堺利彦の書生となり、社会主義を学び、足尾銅山の労働争議では指導者の一人として奔走したが、挫折を味わい、晴山に戻る。この労働運動の経験を基に、初めての小説『市民の敵』を出版。またふるさと四浦で見聞したことを『或る村の近世史』として執筆。のち柳田國男に師事して民俗学に関心を深めるとともに、四浦の実在の人物をモデルに『牛使いの少年』など数々の児童文学を発表し、脚光を浴びる。

一九五二年、巌流島以後の宮本武蔵を描いた『それからの武蔵』を「熊日新聞」に連載して人気を博し、作家としての地位を不動のものとした。

歌数こそ百首余りだが、生涯、好んで歌を詠んだ。晴山バス停留所前の勝清生家の近くに碑高一メートル三〇センチの歌碑が建っている。

ふるさとは語るに安し野に山に
草木に水に
石に声あり

ふるさとの山河を愛した勝清の思いが伝わってくる一首だ。「に」のくり返しが快い。歌集に『勝清鳥』がある。

ちなみに勝清は私の大叔父にあたる。

※人吉産交より約四十分で晴山停留所に着く。

与謝野寛・晶子ゆかりの宿の歌碑

上田精一

一九三二年八月十二日午後、与謝野寛・晶子夫妻は、六女の藤子を伴い人吉に入った。まず人吉駅に出迎えた人々の案内で東林寺を訪ね、祈願石を見物した後、鍋屋旅館に旅装を解いた夫妻は、学生会主催の講演会のため、人吉尋常高等小学校（現人吉東小学校）に出向き講演。

講演を終えた夫妻は、鍋屋旅館当主の富田清作をはじめ地元の有志や新詩社同人宮元尚（もとひさし）、新聞人後藤是山（ぜざん）ら親しい人々と共に歓迎の船遊びを楽しんだ。二隻の屋形船に乗って球磨川に出、人吉城の石垣に面した木山の渕で、

昭和七年八月
与謝野寛・晶子ご夫妻は
鶴屋本館に宿泊されました。

月夜をめでつつ対岸の鍋屋旅館に入ったのではなかろうかと、晶子研究家である人吉在住の画家、坂本福治氏は述べている。

夫妻は人吉の人情と風情に触れ、わずか一泊二日の人吉の旅で、寛は二十八首、晶子が十七首の歌を詠んだ。

翌朝、夫妻と藤子が鍋屋旅館の船着き場から白石（しろいし）までの川下りに出発する。その貴重な写真が鍋屋旅館に展示されている。前述の坂本福治氏らの奔走で、二〇〇六年には人吉で最初の歌碑が東林寺に建立された。

夫妻ゆかりの宿、鍋屋旅館にも、翌年五月八日に歌碑が建ち、除幕式が行われた。碑の歌は船遊びの余韻を詠んだ次の二首である。

大空の山のきはより初まると於なじ幅あるくまの川か那　晶子
山かげの船ハ灯を置くわが船はな不月を置く川の中ほど　寛

歌碑の文字は、鍋屋旅館の画帳に記した夫妻の直筆を転写した。なお、人吉球磨には寛一、晶子九、夫妻二、合わせて十二基の歌碑が建っている。

※JR人吉駅よりタクシーで五分。人吉インターより車で五分。

永観堂　与謝野晶子の歌碑

松村　赳

京都、禅林寺永観堂は、「もみじの永観堂」としても知られ、紅葉の時期には多くの人で賑わっている。

秋を三人椎の実なげし鯉やいづこ池の朝かぜ手と手つめたき　晶子

私が初めて永観堂を訪れたとき、与謝野晶子のこの歌碑は、人波と紅葉のなか、池を背にして建っていた。

一九七七年に建てられたこの歌碑は、細長くこの歌一行を書き、傍らに与謝野晶子

研究家として知られている入江春行氏の解説の石碑も添えられている。

一九〇〇年秋、晶子と山川登美子は、与謝野鉄幹とともにこの地を訪れているが、翌年春に鉄幹と晶子の二人はここに来て、晶子はこの歌を詠んでいる。晶子と登美子は、ともに鉄幹に想いをよせていたが、この早春、登美子は他の男性と結婚していて、ここには姿を見せていない。

そのことを思い起こして詠んだ晶子のこの歌は、『みだれ髪』のなかにも載せられ、「晶子の情熱の歌人としての出発点である」と、入江氏は述べている。

小樽駅前の啄木歌碑

松村　赳

小林多喜二の墓前祭に参加するため小樽を訪れ、朝、雪模様のなか、散策のため小樽駅の近くに来たとき、

子を負ひて
雪の吹きいる停車場に
われ見送りし妻の眉かな

の啄木の歌碑に出会った。多喜二や伊藤整に縁のあるこの街でも、やはり石川啄木の碑が多い。

多喜二が、東北の秋田から父母や姉とともにこの小樽に移り住んだのは、一九〇七年十二月下旬、四歳のとき。啄木は一九〇七年の十月から翌年一月十九日まで小樽に在住していたので、二十日間程度、同じ小樽の空の下に暮らしたことになる。多喜二がプロレタリア作家として大きく成長していくために、この街の住民、働く人たち、労働運動や農民運動とのふれあいがあったことは欠かせない。啄木も短い期間だがこの街に住み、初めて社会主義者西川光二郎の演説会に行き、茶話会にも参加し、西川と名乗りあっている。

子を負ひて
雪の吹き入
われ見送りし
啄

平手もて
吹雪にぬれし顔を拭く
友共産を主義とせりけり

この啄木の歌も、このころのことを詠んだのだろうか。

第二集　あとがき

『歌碑のある風景』第二集には、のべ三十六人の作品が収められています。

第一集が刊行されたのは四年前の二〇一四年五月十五日でした。第一集には、第二集とほぼ同じ三十四人の歌碑をめぐるエッセイが収められていました。

表題の『歌碑のある風景』とは、日本共産党歌人後援会の機関紙「歌の風」の看板コラムで、ここを愛読している後援会員も多いように聞いています。

歌碑は、さまざまな性格をもって建っています。歌そのものを伝えるため、あるいは歌碑の主人公とその土地との結びつきをしめすもの、あるいは歌人を顕彰するためのもの等々、さまざまです。しかし、歌碑に巡り合うと、私たちは歌碑がさまざまに語りかけてくるものを感じます。時には、歌碑に励まされたり、癒やされたりということもあります。

歌碑を包む自然の風景は、そうしたドラマをおりなして建ちつづけている、ともいえましょう。それゆえ、今後も歌人後援会の機関紙「歌の風」の読者を拡げながら、新しい歌碑との出会いを探してゆきたいと願っています。

本書は、日本共産党の創立記念日の七月十五日に刊行されます。二〇一九年の参議院選挙や統一地方選挙において、唯一すぐれた文化政策をもつ日本共産党の躍進のために、この『歌碑のある風景』がいささかなりとも寄与できるよう願うものです。

二〇一八年六月二十日

日本共産党歌人後援会
事務局長　碓田のぼる

歌碑のある風景　第2集

2018年 7月 15日　初版発行

編　者　　日本共産党歌人後援会
発行者　　明　石　康　徳
発行所　　光 陽 出 版 社
〒162-0818　東京都新宿区築地町8番地
電話　03-3268-7899　Fax　03-3235-0710
印刷所　　株式会社光陽メディア

ISBN 978-4-87662-614-4 C0095